검정소금 붉은도깨비

검정소금 붉은도깨비

2 붉은도깨비와 산신령

초판1쇄 펴냄 | 2012년 11월 30일
초판2쇄 펴냄 | 2013년 7월 15일

글 | 김우경
그림 | 장순일
편집 | 여연화
디자인 | 인디나인
표지 글씨 | 박찬우
펴낸이 | 정낙묵
펴낸 곳 | 도서출판 고인돌
주소 | 경기도 파주시 교하읍 문발리 617-12 1층 우편번호 413-832
전화 | (031) 943-2152
전송 | (031) 943-2153
손전화 | 010-2261-2654
전자우편 | goindol08@hanmail.net
인쇄 | (주) 미래프린팅
출판등록 | 제 406-2008-000009호

값 10,000원
ISBN 978-89-94372-49-5 74810
ISBN 978-89-94372-47-1 (세트)

「이 도서의 국립중앙도서관 출판시도서목록(CIP)은 e-CIP 홈페이지
(http://www.nl.go.kr/ecip)와 국가자료공동목록시스템(http://www.nl.go.kr/kolisnet)에서
이용하실 수 있습니다.
(CIP제어번호: CIP2012004847)

검정 소금 붉은 도깨비

글 김우경 그림 장순일

2 붉은도깨비와 산신령

고인돌

 차례

8. 벌거벗은 아이들

개가 일러 준 대로 사람이 산다는 숲으로 올라갔다. 나무도 풀도 낯이 익었다. 마치 달팽이산에 들어선 것 같았다. 그런데 한참을 올라가도 아무도 안 보였다. 아무 소리도 들리지 않았다. 풀벌레 소리도 없고 새소리도 안 났다. 아무런 움직임이 없었다. 풀이랑 나무는 뻣뻣하게 얼어 버린 것처럼 꼼짝도 안 했다.

"겁먹을 쪽은 우린데 애들이 겁을 먹었나 봐."

윈돌이가 억새 풀잎을 가리키며 말했다. 잎이 까칠한 억새 뒤로 굵은 소나무들이 촘촘히 서 있었다. 팥떡은 아까부터 그 소나무 뒤

를 뚫어지라 살폈다. 그러더니 나직이
말했다.

"누군가 있어. 하나둘이 아니야."

소나무 숲으로 들어섰다. 정말로 나무 뒤에 누가 있는 것 같았
다. 고개를 빼고 이쪽저쪽 살피자, 무엇인가 나무 뒤로 슬몃슬
몃 돌아가며 보이지 않게 몸을 감추
었다. 숲 안으로 더 들어가자 다른
나무 뒤로 자리를 옮겨 가며 따라
왔다. 하나둘이 아니었다. 나무마다
다 숨어 있는 듯했다. 몇 걸음 걷다가
갑자기 홱 돌아서자 재빨리 나무 뒤로 몸
을 숨기는 그림자가 보였다. 새돌이가 조금 겁
먹은 소리로 말했다.

"누군지 나와 봐! 우리는 너희를 해치러 온 게 아
니야."

"혹시 너희가 우리를 해치려는 거니?"

윈돌이가 덧붙여 물었다. 온 숲이 조용했다. 갑자기 와아 하며 달려나와 덤벼들지도 몰랐다. 팥떡이 가슴을 울룩불룩 내밀면서 둘레를 살폈다. 율무 목걸이가 따라서 흔들거렸다.

"사람이면 나오고, 사람이 아니……라도 나와 봐."

새돌이가 한 번 더 말했다. 윈돌이가 새돌이를 돌아보면서 살짝 웃었다. 그때였다. 가까이 있는 소나무 뒤에서 가느다란 팔이 쑥 나오더니 솔잎으로 물을 뿌렸다. 잇달아 온 둘레에서 물방울이 날아왔다. 머리 위에서도 비 오듯이 물방울이 떨어졌다. 잠깐 사이에 새돌이 옷이 흠뻑 젖었다. 윈돌이와 팥떡도 물에서 막 나온 꼴이 되었다. 이윽고 나무 뒤에서 아이들이 하나둘 모습을 드러냈다. 모두 홀딱 벗고 머리카락을 치렁치렁 늘어뜨리고 있었다. 발가벗은 고무 인형 같았다. 남자인지 여자인지도 알 수 없었다.

"왜 물을 뿌리고 그래?"

새돌이가 얼굴에 묻은 물방울을 손으로 훔치면서 묻자 한 아이가 말했다.

"나쁜 마음을 씻어 내는 물이야."

"나는 나쁜 사람 아니야. 여기 윈돌이랑 팥떡도 착해."

"다행이군. 숲 바깥에서 사람 아이가 온 것은 처음이야."

"우리는 물꼬대왕을 찾아가는 길이야."

"그럼 안개늪을 지나야겠군. 몸에 걸친 거 벗어도 돼. 갑갑하지 않니?"

"옷을 벗으라고? 나는 이게 편해. 어른들은 왜 안 보이니?"

"우리가 언젠가 어른이 될 거야."

"저기 하얗게 널려 있는 것은 새알이니?"

이번에는 팥떡이 물었다. 그러자 다른 아이가 대답했다.

"버섯이야. 우리가 보살펴야 해."

"버섯을 먹고 사니?"

"아니. 이리 따라와 봐."

새돌이와 왼돌이와 팥떡은 아이들을 따라 숲 안으로 더 들어갔다.

소나무가 꽉 들어차 있어서 둘레가 어둑했다. 마른 솔잎이 떨어져

쌓인 바닥에는 하얀 버섯들이 수도 없이 돋아나 있었다. 빛깔은 하얗고 고운데 냄새가 아주 고약했다. 어떤 것은 탁구공만 하고 어떤 것은 배구공만 하고 어떤 것은 간장독만 했다. 아이들은 맨발로 버섯 사이를 다니면서 솔잎에 샘물을 적셔 뿌렸다. 샘물이 숲 가장자리 한 군데밖에 없어서 여러 번 바쁘게 오가야 했다. 버섯에 물을 뿌리면 소독약을 뿌린 것처럼 거품이 일면서 독한 냄새가 조금 덜해졌다.

"독버섯 같은데, 뭐하려고 키울까?"

윈돌이가 중얼거렸다.

"독버섯이 아니라 마음버섯이야. 나쁜 마음을 먹고 자라는 버섯. 우리가 샘물을 뿌려 주면 조금이라도 덜 자라지."

한 아이가 말했다. 치렁치렁한 머리카락을 귀 뒤로 쓸어 넘기고 있어서 여자아이처럼 보였다. 새돌이가 물었다.

"저 샘물이 버섯을 못 자라게 한다고?"

"응. 그런데 샘물이 갈수록 말라 가고 있어서 걱정이야."

"잠깐, 혹시 내가 나쁜 마음을 먹으면 이 버섯이 자라는 거니?"

"이 버섯은 아니야. 숲 어딘가에 네 마음버섯이 생겨나서 자라겠지."

바로 그때 놀라운 일이 일어났다.

간장독만큼 큰 버섯 하나가 조금씩 흔들거리더니 껍질이 찢어지면서 안에서 아기가 나왔다. 살이 포동포동 오른 아주 건강한 아기였다. 아기 울음소리가 온 숲에 퍼졌다. 갑자기 숲이 바빠졌다. 아이들은 버섯에서 나온 아기를 데리고 얼른 샘물가로 가서 몸을 씻겼다. 솔잎 가지에 물을 묻혀 몸 구석구석을 두드리며 씻었다. 비누 없이 그냥 물로 씻는데도 거품이 끝이 없이 부글거렸다.

"이젠 말 안 해도 알겠지? 나쁜 짓을 많이 하면 여기서 아기로 태어나. 그리고 언제까지나 아이로 살아야 해. 어른이 될 수 없어."

머리카락을 귀 뒤로 쓸어 넘긴 아이가 다가와서 말했다.

"저 아기는 어떤 어른이었을까? 무슨 나쁜 짓을 했는지 궁금하네."

팥떡이 아기를 바라보면서 말했다.

"그건 저 아기도 몰라. 다만 자기가 왜 여기 왔는지는 마음버섯을 돌보면서 차츰 알게 되겠지."

'너도 버섯에서 나왔니?'

새돌이는 이렇게 물어보려다가 말았다. 그런데 아이가 속을 들여다본 듯이 말했다.

"나도 버섯에서 나왔어."

"다른 아이들도 모두?"

"응."

아이들은 쉬지 않고 솔잎에 샘물을 묻혀 와서 버섯에 뿌렸다. 그렇게 물을 뿌려 나쁜 마음을 부글부글 씻어 내는데도 버섯은 자꾸 커졌다. 어떤 것은 탁구공만 하다가 갑자기 축구공만 하게 커지기도 했다.

"아주 엄청난 짓을 저질렀나 보네."

팥떡이 걱정스러운 듯이 말했다.

"저 아래 마을에 내려가 본 적 있니?"

새돌이가 물었다.

"없어. 몇몇 아이들이 가끔 밭에 내려가서 곡식을 가져온 적은 있어."

"거기 마을지기 개가, 마을로 내려오면 집도 지어 주고 먹을 것도 나눠 주겠다고 했어."

"고맙지만 내려갈 수 없어. 마음버섯에 샘물 뿌리는 일을 잠깐이라도 멈추면 안 돼. 그 일을 게을리하면 숲이 넘치도록 아기가 태어날 거야. 또 동물들을 주인으로 섬기면서 사는 것도 마음이 안 내키고."

"안됐구나. 여기서 어른이 된 아이는 정말로 한 사람도 없니?"

"응, 내가 알기로는 없어."

"물꼬대왕을 만나면 한번 물어볼게, 언제쯤 어른이 되는지."

아이가 씁쓸하게 웃었다. 새돌이가 아이 앞에 다섯 손가락을 펴 보였다.

"우리는 이 봉숭아 꽃물이 지워지기 전에 물꼬대왕을 만나야 해."

"따라와, 안개늪으로 들어가는 문을 가르쳐 줄게."

아이를 따라 솔숲을 걸었다. 버섯이 빼곡하게 들어차 있는 숲길을 조심조심 걸으며 팥떡이 물었다.

"사람이 아닌 동물도 마음버섯이 생기니?"

"아마 그럴걸. 어딘가에 동물들 마음버섯 숲이 있을 거야."

"저 샘물 좀 어디에 담아 갔으면 좋겠네."

윈돌이가 중얼거리자, 아이가 말했다.

떡갈나무

오리나무

"샘물은 네 몸 안에도 있어. 나쁜 마음이 생기면 그 샘물을 길어 쓰면 돼."

마침내 솔숲이 끝나고 다른 숲이 이어졌다. 떡갈나무와 청가시덩굴, 오리나무같이 잎이 넓은 나무들이 서로 가지를 엇섞어 자라고 있었다. 사이사이에 어린 소나무도 섞여 자라고 있었다. 못된 사람이 자꾸 늘어나면 이곳도 마음버섯이 자라는 솔숲으로 바뀌게 될지 모르지만, 아직은 버섯이 보이지 않았다.

"나는 더 못 가. 저기 앞에 잎이 불그레한 나무 보이지? 저 붉나무 뒤로 곧장 가면 커다란 쥐다래나무가 나와. 그 나무 덩굴 사이로 들어가면 돼. 한 가지 지켜야 할 게 있어. 쥐다래를 따 먹지 마."

"알았어. 고마워."

"잘 갔다 와."

아이가 서둘러 돌아섰다. 팥떡은 목에 걸치고 있던 율무 목걸이를 아이에게 선물로 주었다.

붉나무를 지나 자귀나무와 등칡이 어우러진 수풀을 헤치며 곧장 걸어가자 아주 어마어마하게 큰 쥐다래나무가 나타났다. 덩굴이 얽히고설키어 사방으로 말미잘 처럼 가지를 뻗고 있었다. 이파리 사이로 노릇노릇 익은 열매가 조랑조랑 달려 있는데, 그 우거진 덩굴 사이로 어둑한 굴이 둥글게 드러나 있었다.

자귀나무

"괜히 오싹해지네. 저 사이를 어떻게 지나가나."

왼돌이가 말했다.

"안개늪으로 가려면 어쩔 수 없어. 내 등에 꼭 붙어."

팥떡이 등을 낮추며 말했다. 새돌이가 먼저 가지를 딛고 들어섰다.

"발밑이 캄캄해. 가지를 잘 골라 디뎌."

안으로 들어갈수록 잘 익은 쥐다래 냄새가 향긋하게 코를 찔렀다. 저절로 입에 침이 돌았다. 뒤따라오던 팥떡이 침을 꼴깍 삼키는 소리가 났다.

"이렇게 맛난 냄새는 맡아 본 적이 없어."

왼돌이가 팥떡 등에서 중얼거렸다.

"아까 아이가 한 말 생각나지? 따 먹으면 안 돼. 조금만 참아."

그러면서 새돌이도 침을 한 번 삼켰다. 발아래 가지를 골라 디디며 조심조심 앞으로 나아갔다. 앞쪽이 조금씩 희뿌옇게 밝아졌다. 얼굴에 풋풋한 물기가 와 닿았다.

"거의 다 지나왔어."

그때였다. 갑자기 쥐다래나무가 꿈틀거리기 시작했다.

"조심해! 나무가 왜 이러지?"

"팥떡이 열매를 건드렸나 봐!"

"아니야! 그냥 혀를 내밀어 맛만 살짝, 으아아!"

팥떡이 왼돌이와 함께 어둠 속으로 떨어져 내렸다. 나무는 성난 듯이 가지를 마구 흔들었다. 새돌이도 얼마 못 버티고 가지 사이로 빠져 버렸다.

"으아아!"

9. 창문 너머 안개늪

"풀썩!"

바닥이 푹신했다. 푸른 밀밭에 떨어지는 느낌이었다. 떨어진 채로 누워서 눈을 돌려보니 깊고 널따란 바위 구덩이였다. 벽과 바닥이 온통 짙은 풀빛이었다.

"소금아, 괜찮니?"

팥떡과 왼돌이가 함께 물었다.

"괜찮아."

바위벽 높다란 곳에 창문 같은 구멍 하나가 보였다. 그 네모난 바

위 구멍에서 뿌연 안개가 연기처럼 폴폴 새어 나왔다.

"떨어지는 일은 앞으로 제발 좀 없었으면 좋겠어. 폭신한 이끼 위라 해도 떨어질 때는 너무 아찔해."

왼돌이가 투덜거렸다.

"미안해. 나는 진짜로 혀만 살짝 대 봤어. 쥐다래나무가 그렇게 사납게 나올 줄 몰랐지."

팥떡이 말했다.

"맛은 어땠어? 이럴 줄 알았으면 나도 하나 먹어 보는 건데."

"맛도 제대로 못 봤다니까."

입안에 저절로 침이 고였다. 밀밭인 줄 알았던 바닥에는 이끼가 두텁게 깔려 있었다. 이끼가 초록빛 털실을 닮았는데 굵기는 밧줄만큼 굵었다. 벽도 온통 이끼로 덮여 있었다.

"어떻게 올라가지? 올라간다 해도 쥐다래나무가 가만히 있을까?"

팥떡이 위를 올려다보면서 말했다. 바위벽으로 둘러싸인 방이 마치 오래된 무덤 속 같았다.

"혹시 저 바위 창문으로 나가면 안개늪으로 이어지지 않을까?"

"그런데 창문도 너무 높이 있어. 먼저 아래쪽을 살펴보자. 어쩌면 바위가 갈라진 틈이 있을지도 몰라."

셋이 흩어져서 벽을 살폈다. 이끼 낀 바위를 밀어도 보고 젖혀도 보고 당겨도 보고 두드려도 보았다. 틈 하나 없었다.

"감옥이 따로 없군. 바위 감옥이야."

"너무 힘 빠지는 말이잖아. 그냥 초록 감옥쯤으로 하자."

"그런다고 뭐가 달라지니?"

"마음이라도 한결 가볍잖아. 나는 이끼 속에서라면 사흘은 거뜬히 버틸 수 있어."

팥떡과 윈돌이가 입씨름을 했다. 그러다가 새돌이가 바닥에 깔린 이끼를 들추는 바람에 윈돌이 마음이 갑자기 무거워져 버렸다.

"이게 뭐지? 나뭇가진가? 으앗, 뼈다!"

새돌이가 엉덩방아를 찧었다. 팥떡이 층층이 쌓인 이끼를 마저 들추자 여기저기 뼈가 수두룩했다.

"그냥 덮어! 으, 오싹해."

윈돌이가 이끼 위에 엎드려서 말했다.

"어떡해. 우리처럼 여기로 떨어졌다가 못 나가고 죽었나 봐."

안개가 유령처럼 으스스하게 둘레를 감쌌다. 바로 그때, 벽 속에서 가느다란 웃음소리가 들렸다. 셋이 저절로 붙어 섰다.

"누, 누구야?"

"오호호, 이번엔 여럿인가 보군."

한쪽 벽에서 커다란 노래기 한 마리가 스르르 나타났다. 처음에는 지네인 줄 알았다. 몸통 마디마디에서 윤이 반짝반짝 흘렀다. 고리 모양 몸마디마다 다리가 두 쌍씩 붙어 있는데, 모두 백 쌍도 넘지 싶었다.

노래기

"반가워. 너 여기 사니?"

새돌이는 정말로 조금 반가웠다. 혹시 노래기가 나가는 길을 알고 있을지도 몰랐다. 노래기는 벽 아래로 내려와 몸을 뱅그르르 말고 앉았다. 달팽이산에 사는 노래기보다 몸이 크고 길고 다리가 더 많아서 조금 덜 만만하게 느껴지기는 했다. 노린내도 훨씬 고약했다.

"놀랍군. 대단해. 따 먹으면 안 된다고 했을 텐데 쥐다래를 따 먹었단 말이지?"

노래기는 새돌이 물음에 대답도 않고 자기 말만 했다.

"그냥 혀로 맛만 보았어."

팥떡이 말했다.

"아쉽군, 맛만 보다니."

"따 먹어야 했다는 말이니?"

"아함, 하지 말란다고 지레 겁먹고 안 하는 것이 늘 좋은 것은 아니야. 덕분에 우리가 이렇게 만났잖아."

"잘했다는 말이야?"

"어험, 하지 말라는 건 하면 안 되지. 그래서 지금 이렇게 갇혔잖아."

"뭐야, 무슨 말이 그래?"

팥떡이 살짝 성을 냈다.

"그러니까 내 말은 놀랍고도 안됐다는 이야기지."

"지금 약 올리러 왔어?"

"딱해 보여서 그래. 바닥에 쌓인 뼈 안 보이니?"

"이 뼈는 다 뭐야?"

새돌이가 물었다.

"뭐긴, 여기서 못 나가면 누구나 저렇게 돼. 어떻게 나갈 건데?"

"어떻게든 나가야지! 그런데 나가는 길을 못 찾겠어."

팥떡이 말했다.

"그러게 뭐하러 여기까지 왔담. 여긴 아무나 오는 데가 아니야."

"우리는 물꼬대왕을 만나러 왔어."

"오호, 왜?"

"달팽이산 골짜기 물이 이 아래로 다 흘러내려서. 혹시 물꼬대왕이 어디 있는지 아니?"

"음, 알아도 몰라. 물꼬지기는 어디 있는지 알지."

"우리는 물꼬지기를 찾아온 게 아니라 물꼬대왕을 만나려고 왔어!"

왼돌이가 아까부터 가만히 듣고만 있다가 톡 나섰다.

"왼돌아, 잠깐만 있어 봐. 물꼬지기는 어디 있는데?"

새돌이가 새로 물었다. 그러자 노래기가 말고 있던 몸을 길게 풀면서 말했다.

"여기."

"여기 어디?"

"나."

뜻밖이었다.

"그, 그럼 네가 함지골 물구멍을 뚫었니? 물꼬대왕이 시켰어?"

"그건 내가 한 게 아니야. 어쩌면 땅강아지가 그랬는지 모르지. 내 바로 앞에, 땅강아지가 물꼬지기를 했거든."

"땅 위에 사는 목숨도 생각을 해야지, 그러는 게 어디 있어? 왜 마음대로 물을 빼 가는데? 물꼬대왕을 만나서 따져야겠어."

"대왕님은 바빠. 꼭 따지려면 나한테 따져."

"네가 정말 물꼬지기라면, 함지골 물구멍부터 얼른 막아."

"그건 벌써 제대로 되어 있을 거야. 물이 잠깐 모자라서 그랬겠지. 여기도 물이 자꾸 줄어들어서 걱정이야. 땅 위에서 물을 마구 끌어 올려 쓰니까 우리도 가끔 급하게 끌어내려 써야 해."

"어쨌든 물꼬대왕을 만나야겠어. 대왕은 어디 있어?"

"대왕님은 바쁘다니까."

"우리도 바빠. 여기 오래 머물 수 없어."

"흠, 그건 나도 마찬가지야."

노래기는 벽을 스멀스멀 기어올랐다. 그러다가 벽 안으로 스미듯이 갑자기 사라져 버렸다.

"어, 잠깐만! 여기서 나가는 길을 알려 주고 가야지!"

새돌이가 소리치자 벽 저쪽에서 말했다.

"창문을 끌어내려!"

팥떡이 노래기가 사라진 벽으로 뒤따라가 껑충 뛰어올라 보았지만, 벽에 탁 부딪치고는 이끼 위로 떨어졌다. 새돌이가 다가가서 사라진 곳을 살폈지만 틈이라고는 없었다. 아까 나타났던 곳을 살펴봐도 손가락 하나 들어갈 틈이 없었다.

"뭔가에 홀린 기분이네. 정말로 물꼬지기가 맞나 봐."

"창문을 끌어내리라는 건 무슨 말이지?"

"저 네모난 바위 구멍을 끌어내려서 그리로 나가라는 소리겠지. 일이 더 어려워졌어."

먼저 윈돌이가 기어올라 보기로 했다. 그런데 윈돌이가 벽을 기어오르자 바위 구멍이 조금씩 다른 곳으로 움직였다.

"저게 자꾸 달아나네. 안 되겠어. 뼈를 높이 쌓은 다음 내가 그 위로 올라가서 펄쩍 뛰어 볼까?"

팥떡이 말했다. 그러자 새돌이가 두 손을 몸에 붙이며 되물었다.

"뼈를 쌓아서?"

"안 내키지? 나도 그래. 쌓기만 하면 올라가서 뛰어 보겠는데."

"그러지 말고 이끼를 뜯어서 줄을 꼬아 보자."

그런데 이끼를 한 줌 뜯자 이끼가 느닷없이 소리를 내질렀다.

"아얏! 이게 뭐하는 짓이야! 떨어지는 걸 잘 받아 주었더니, 세상에나, 너희는 고마움을 이렇게 갚니?"

새돌이가 얼른 이끼를 도로 심어 주었다.

"미안해. 줄을 꼬아서 창문을 끌어내리려고."

"끌어내리려면 네 머리카락을 뽑아서 해! 내가 이 말까지는 안 해

주려고 했는데, 머리카락이 아니고는 안 돼."

그 말에 왼돌이와 팥떡이 새돌이 머리를 빤히 바라보았다.

"내 머리카락은 너무 짧아. 다 뽑아 이어도 창문에 안 닿을 거야."

"숱이 많아서 다 이으면 닿을 것 같은데? 나한테 머리카락이 있다면 망설이지 않고 뽑겠어."

왼돌이가 말했다.

"나도!"

팥떡이 말했다.

"잠깐, 둘이 왜 이래? 조금만 더 생각해 봐. 머리카락이 무슨 힘이 있어서 바위 구멍을 끌어내리겠니? 머리카락이 아주 굵고 길면 모르겠지만. 아, 맞다! 산신령 할아버지 머리카락!"

새돌이는 호주머니에서 산신령 할아버지 머리카락을 꺼냈다. 물오리나무 잎에 고이 싸서 넣어 둔 것이었다. 잎을 펼

치자 하얀 머리카락이 나왔다.

그런데 머리카락이 그사이 아주 길게 자라 있었다. 함께 싸 둔 눈썹도 길게 자라 있었다.

"끝이 어디지?"

끝을 찾아서 살살 풀자, 머리카락이 창문에 닿고도 남을 만큼 길었다. 눈썹은 물오리나무 잎에 도로 싸서 주머니에 넣었다.

"끝에 뭘 매달지? 이젠 창문으로 던져 걸기만 하면 돼. 내가 매달려 볼까?"

왼돌이가 팥떡을 뚫어지라 바라보면서 말했다.

"왜 나를 봐? 나는 저 높이까지 뛸 수가 없어. 뼈를 매달면 되겠네."

"뼈보다 네가 더 나아. 소금이 어깨에 올라가서 뛰면 닿을 수 있어."

"그래도 너무 높아."

"할 수 있어. 너밖에 없어. 창문을 꼭 붙들어야 해."

"쳇, 내가 혀 한 번 잘못 내민 죄가 있어서 해 보기는 하겠는데, 못하더라도 딴말하기 없기."

"알았어."

새돌이가 머리카락 한쪽 끝을 팔떡 허리에 묶은 다음 목말을 태웠다. 새돌이가 천천히 일어서서 창문 아래로 가만히 다가섰다. 다가서자마자 팔떡이 펄쩍 뛰어올라 창문틀을 앞다리로 꽉 붙잡았다. 얼마나 재빨리 뛰었던지 창문이 미처 달아날 틈이 없었다.

"당겨, 당겨!"

　새돌이와 왼돌이가 머리카락을 당기자 바위 창문이 조금씩 아래로 내려왔다.

　"됐어, 모두 같이 뛰어들자. 왼돌아, 내 등에 붙어."

　안개가 흐릿하게 낀 창문 안으로 셋이 함께 뛰어들었다.

　"쨍그랑!"

10. 내 말 좀 들어 봐

안개가 연기처럼 흘렀다. 굴뚝이 따로 없었다. 둘레를 가득 메우며 흐르는 안개에 휩싸여 어디론가 떠밀려 가다가 넓은 곳으로 나왔다.

"안개늪이 맞나 봐."

"아까 그 소리는 뭐지? 우리가 창문을 깨트린 거야?"

"유리가 없었잖아."

"그러게. 머리카락 꽉 잡아."

팥떡이 앞에서 안개를 헤쳐나가며 말했다. 서너 걸음만 떨어져도 안개 때문에 혼자가 되었다. 발이 안개 속으로 푹푹 빠졌다. 바닥이 잘 안 보여서 걸음을 마음 놓고 뗄 수 없었다. 옷이 흠뻑 젖었다. 그런데 아까부터 어디선가 웅얼거리는 소리가 들렸다.

"뭐지? 무슨 소리 안 나니?"

소금이가 물었다. 처음에는 벌레 소리처럼 가늘게 들리더니 갈수록 가까워졌다. 안개 속에서 여럿이 웅얼웅얼 중얼거리는 소리였다.

"팥떡아, 좀 빨리 걸어."

왼돌이가 말했다. 하지만 팥떡 걸음이 갈수록 느려졌다.

"이것 봐. 누가 뒤에서 머리카락을 잡아당기고 있어."

셋이 멈춰 서서 산신령님 머리카락을 조심조심 끌어당겼다. 머리카락이 팽팽하게 끌려왔다.

세상에나! 마치 줄다리기를 하듯이 머리카락에 많은 동물이 붙어 있었다. 풀줄기에 다닥다닥 붙은 진딧물처럼 머리카락에 촘촘히 매달려서, 오로지 자기 말만 중얼거렸다. 아무도 남의 이야기를 듣지 않았다.

"좀 조용히 해 봐. 모두 이 안개늪에서 사니? 혹시 물꼬대왕이 있는 곳을 알아?"

물어도 누구 하나 제대로 대답을 안 했다. 도리어 자기네 말을 들어 달라며 더 크게 아우성이었다.

"내 말 좀 들어 봐."

"내 말부터 좀!"

"내 이야기부터 먼저 들어 줘!"

서로 앞다퉈 자기 이야기를 하고 싶어 했다. 왼돌이가 나섰다.

"차례차례 말을 해야 알아듣지!"

윈돌이가 앞에 있는 동물부터 차례대로 이야기를 들어 주겠다고 했다. 그래도 뒤쪽은 여전히 시끄러웠다.

먼저 바다오리가 말했다.

"물빛은 파랗고 파도는 눈부시고, 정말 깨끗하고 아름다운 바다였어. 그런데 어느 날, 기름배가 가라앉은 거야. 기름이 흘러나와 바다

를 검게 덮어 버렸어. 하얀 파도까지 새카매졌어. 갯바위도 모래밭도 모두 기름을 뒤집어썼어. 개펄에 있던 나도."

"저런!"

"기름이 그렇게 사나운 것인 줄 몰랐어. 사람들은 그딴 걸 어디서 찾아냈을까? 그런 건 땅속에 그대로 묻어 놨어야지. 몸에 묻으면 도무지 씻어낼 수가 없어. 움직일수록 더 끈적끈적 몸을 조여. 날개가 들러붙어서 날 수도 없어. 물 한 모금 삼킬 수 없고, 나중에는 울어도 소리가 안 나와."

"그래서 어떻게 되었어?"

"아무도 도와주지 않았어. 사람들은 바다에서 기름을 걷어 내느라 바빴어. 숨을 할딱이며 그 모습을 바라보다가 정신을 잃었는데, 깨어 보니 여기야. 바다는 다시 깨끗해졌을까?"

"깨끗하게 다시 살아났을 거야. 산이나 강, 바다는 그런 힘이 있잖아."

왼돌이가 말했다.

"미안해. 내가 대신 사과할게."

소금이가 말했다. 그러자 바다오리가 날개를 푸드득 펼쳤다. 마치 오래 접어 둔 우산을 펼치는 것 같았다.

"이제 다시 날 수 있을 것 같아. 마음이 가벼워졌어."

바다오리가 안개를 밀어내며 날아올랐다. 그러더니 안개늪 위로 곧 사라졌다.

다음에는 어름치가 나섰다.

"나는 물이 맑고 바닥에 자갈이 알맞게 깔린 강에서 살아. 알을 낳으면 자갈을 모아서 덮어 두지. 그런데 강 위쪽에 댐을 만드는 바람에……."

어름치

그 바람에 알이 하나도 깨지 못했다며 몸을 부르르 떨었다. 이제 그 강에는 어름치가 살지 않을 거라며 눈을 껌벅였다. 하지만 말을 다 마치고 나서는 몸빛이 조금 밝아졌다.

"이 답답하고 분한 이야기를 들어 주는 사람이 없었는데, 끝까지 들어 주어서 고마워. 마음이 홀가분해졌어. 다시 알을 낳을 수 있을 것 같아. 하지만 그 강에는 안 갈 거다. 혹시 너희는 하고 싶은 말 없니? 내가 들어 줄게."

"우리는 없어. 아, 있어. 함지골에 커다란 구멍이 뚫렸는데, 그 일로 물꼬대왕을 만나러 가는 길이야."

"물꼬대왕을?"

"응, 어디 있는지 알아?"

"그야 물꼬대왕이 있는 쪽으로 곧장 가면 돼."

"그쪽이 어느 쪽인데?"

"그쪽? 아무 쪽으로 가도 물꼬대왕이 있어."

"혹시 대왕이 여럿이야?"

"하하, 아니. 그냥 앞으로 곧장 가면 물꼬대왕이 기다리고 있어. 왜냐하면, 대왕은 누가 어디서 자기를 만나러 오는지 훤히 알거든."

어름치는 안개 속을 헤엄치며 자꾸 위로 올라갔다. 그러다가 안 보였다.

다음은 거북이 차례였다. 그런데 팥떡 발가락과 왼돌이 등 껍데기에 들인 봉숭아 꽃물이 그사이 아주 흐릿해졌다.

"안 되겠어. 여기 너무 오래 머물렀어. 이 봉숭아 물 좀 봐."

소금이가 손톱을 보여 주면서 말했다.

"가면 안 돼. 이야기를 모두 들어 주고 가야지. 내 이야기 좀 들어 봐. 나는 아무거나 잘 먹어."

거북이가 서둘러 이야기를 시작했다. 그러자 윈돌이가 말했다.

"거북아, 잠깐만 멈춰 봐. 소금아, 팥떡이랑 둘이 얼른 대왕을 만나고 와. 내가 여기 있을게. 누군가는 여기서 말을 들어 주어야 하잖아."

"혼자 괜찮겠어?"

"빨리 다녀오기나 해."

소금이는 팥떡 몸에서 산신령님 머리카락을 풀어 윈돌이에게 맡겼다. 거북이가 다시 말을 이었다.

"하루는 물속에 떠다니는 해파리를 한 마리 먹었어. 그런데 그게 해파리가 아니었나 봐. 삼키고 나서야 알았지. 장수거북이 그러는데 해파리가 아니고 비닐봉지래. 그게 목구멍 저 아래를 꽉 막고 있으니까……."

소금이와 팥떡은 곧장 앞으로 걸어 나갔다. 갈수록 안개가 더 짙어졌다.

"팥떡아, 더 빨리 걸어야겠어."

손톱에 들인 봉숭아 물이 아주 엷어져서 없어지려고 했다. 팥떡 등에만 팥물처럼 조금 남아 있었다. 안개가 마치 강물 같았다. 빨리 걸으려고 해도 물속을 걷는 것처럼 몸이 둔했다.

"한 녀석은 왜 안 오냐?"

깜짝 놀랐다. 갑자기 나타난 산호 동굴 안에서 소리가 울려 나왔다.

"왼돌이는 안개늪에서 이야기를 들어 주고 있어요."

굴 안으로 가만가만 들어가자 한 할아버지가 커다란 말미잘 걸상에 앉아 있었다.

"할아버지가 물꼬대왕이에요?"

"그래."

그렇게 안 보였다. 그다지 무서운 모습도 아니고 그냥 다른 할아버지랑 비슷했다.

"진짜로 물꼬대왕님 맞아요?"

"어허, 이 녀석이."

산신령 할아버지처럼 긴 머리카락과 콧수염도 없었다. 머리숱이 적어서 언뜻 보면 문어 머리를 닮았다.

"솔직하게 말해도 돼요? 하나도 안 무섭게 생겼어요."

"떽! 이 고얀 녀석!"

갑자기 할아버지 몸이 부풀더니 커다란 물고기가 되었다. 입이 엄청나게 컸다. 입을 쩍 벌리는데 이빨이 가시 울타리처럼 촘촘히 박혀 있었다. 울타리 안으로 빨려 들어가면 다시는 못 빠져나올 것 같았다.

"소금아, 뛰어!"

팥떡이 먼저 몸을 돌려 뛰었다. 소금이도 따라 뛰었다. 그렇게 산호 동굴을 나와서 숨을 곳을 찾다가 그냥 바닥에 엎드렸다. 마땅히 숨을 곳이 없었다.

"어떡하지? 말로만 듣던 아귀를 여기서 보다니! 마음만 먹으면 우리를 통째로 꿀꺽 삼킬 거야."

팥떡이 엎드린 채 소곤거렸다. 그때 굴 안에서 다시 소리가 들려왔다.

"냉큼 들어오너라, 안 잡아먹을 테니까!"

목소리가 다시 부드러워졌다. 빨리 안 들어가면 또 성을 낼지도 몰랐다.

"들어가자. 따져야겠어."

소금이가 먼저 들어섰다. 팥떡이 뒤따랐다. 둘이 숨을 크게 들이쉬며 몸을 부풀렸다. 물꼬대왕은 아귀 모습에서 다시 할아버지로 돌아와 있었다.

"성내지 마세요, 무서우니까. 할 말이 있어서 왔어요."

"말해 보아라."

"우리 달팽이산 골짜기 물 함부로 빼 가지 마세요!"

"알겠다."

"끝이에요? 대답이 너무 쉽잖아요. 짧고."

"알았으니까 얼른 돌아가거라. 여기는 너희가 올 곳이 아니다."

"단단히 약속해 주세요. 다음에 또 물구멍이 뚫리면 안 된다고요!"

"급할 때는 우리도 어쩔 수 없단다. 땅 위에서 곳곳에 대롱을 박아 땅속 물을 끌어올려 쓰니까, 여기도 물이 자꾸 모자라. 안개늪에 안개도 피워야 하고, 마음버섯 숲 옹달샘에 물도 채워야 하고."

"그럼 우리는요? 함지골 냇물에 가재랑 다슬기, 반딧불이, 날도래가 살고 잔별늪에도 얼마나 많은 동무가 사는데요."

"그렇다면 이걸 가져가거라. 물이 너무 줄어서 네 동무가 위험해지면 이걸 물구멍에 던져 넣

어. 그러면 물구멍이 저절로 막힐 것이다."

물꼬대왕이 단지처럼 생긴 산호 속에서 붉은 구슬 하나를 꺼내 소
금이에게 주었다. 새빨간 석류알 같았다.

"한 개밖에 안 주세요?"

"어허, 이 녀석이!"

할아버지가 구슬을 도로 빼앗아서 팥떡 입에 넣어 주었다.

"땅 위로 나갈 때까지 꼭 다물고 있어.
삼키지 말고!"

팥떡 턱이 불그레하게 물들었다.
돌아가는 일만 남았다.

11. 고무신 배를 삿대로 저어

"대왕님, 한 가지 물어봐도 돼요?"

"무엇이냐?"

"마음버섯에서 나온 아이들은 언제 어른이 되는데요?"

"글쎄다. 지은 죄가 하도 무거워서."

"그럼 어른이 못 되는 거예요?"

"그게 그러니까……, 숲에 버섯이 하나도 안 생기면 또 모르지."

"버섯이 하나도 안 생긴 적이 있었어요?"

팥떡이 소금이 다리를 툭 쳤다. 자꾸 묻지 말라는 뜻이었다.

"그런 때가 언젠가는 오겠지, 어험."

"그건 어른이 되지 말라는 소리잖아요."

"네 녀석이 나설 일이 아니다. 얼른 돌아가."

"숲에 사는 아이한테 알아봐 주겠다고 약속했어요."

"그럼 그대로 알려 주렴. 아이가 알아봐 달라고 하더냐?"

"아니요, 제가 알아봐 주겠다고."

"떽!"

할아버지가 다시 몸을 부풀려서 아귀가 되었다.

"그게 뭐 어때서요! 좀 알아봐 주면 안 돼요?"

소금이가 한 걸음 물러나 몸을 부풀리며 말했다. 팥떡도 몸을 잔뜩 부풀렸다. 오돌토돌한 팥떡 등에서 독물이 끈적끈적 흘러나왔다.

"뭐하러 아이 마음을 흔들어 놓

느냐? 죄를 지었으면 누구나 벌을 받아야지!"

그러자 팥떡이 입을 다문 채 꾸르륵꾸르륵 무슨 소리를 냈다. 소금이가 귀를 갖다 댔다.

"그 녀석이 뭐라고 하느냐?"

"우리가 오는 줄 어떻게 알고 여기서 기다렸는지, 그게 궁금하대요."

"지금 무슨 딴소리를 하는 거야!"

대왕이 소리를 높였다. 소금이가 얼른 덧붙여 물었다.

"혹시 우리가 오는 거, 봉숭아 꽃물로 알았어요?"

"이 녀석 보게?"

"그런데 할아버지가 진짜예요, 아귀가 진짜예요?"

"이게 진짜다!"

물꼬대왕이 아귀 모습에서 기다란 바다뱀으로 바뀌었다.

"뱀은 안 무서워요. 내 동무 능구렁이가 얼마나 착한지 모르죠? 절대로 먼저 달려들지 않아요."

바다뱀이 입을 벌리고 달려들다가 멈칫했다.

"에고, 내가 너희 때문에 지친다. 가거라. 얼른 내 앞에서 사라져."

물꼬대왕이 바다뱀에서 할아버지로 힘없이 돌아왔다.

"그런데 물꼬대왕 할아버지, 있잖아요."

"또 뭐?"

"안개늪에 있는 동물들은 하고 싶은 말이 왜 그렇게 많아요?"

"살면서 너무 억울한 일을 만나서 그래. 그 억울한 마음이 아직도
안 풀려서 그러지."

"그럼 자기들끼리 서로 들어 주고 풀어 주면 되잖아요."

"그게 그렇게 안 되는 모양이다. 하나같이 마음에 맺힌 게 너무 커서 제 말만 하려고 하고 남 말을 듣지 않아."

팥떡이 구슬을 머금은 채 머리를 끄덕였다.

"그리고요, 할아버지는 머리숱이 왜 그렇게 적어요?"

"뭣이?"

"산신령 할아버지가 물귀신 영감이라고 했거든요. 그래서 머리카락을 길게 늘어뜨리고 있을 줄 알았어요."

"떽! 이런 노망난 영감태기를 봤나. 물귀신? 하이고, 힘이 빠져서 성도 못 내겠네."

할아버지 몸이 부풀어 오르며 아귀로 반쯤 바뀌다가 다시 할아버지로 돌아왔다.

"처음부터 머리카락이 없었어요?"

"옛날에는 있었다. 그런데 빠져 버렸어."

"왜요?"

"물이 모자라서 물꼬지기를 데리고 어느 강바닥에 물구멍을 뚫었는데, 그 강이 아주 지독하게 썩은 강이었어. 그 독한 물을 뒤집어쓴 뒤로 머리가 다 빠져 버렸다."

"물어보지 말 걸 그랬어요. 대왕 할아버지, 미안합니다."

"미안하면 얼른 가. 가서 그 영감태기한테 말해. 산에만 있지 말고 세상이 어떻게 돌아가는지 좀 살펴보라고."

"그럴게요."

"그리고 이 방망이 받아라. 가져가서 산신령인가 들신령인가 하는 그 영감한테 보여 줘."

"이거 도깨비방망이잖아요."

"이런 방망이를 지니고 다니는 도깨비가 있어?"

"예, 있어요. 아니요, 진짜로 보지는 못했어요. 책에서 봤어요."

"쯧쯧, 이런 게 이따금 물에 떠내려온단다."

"장난감일지도 몰라요. 애들이 갖고 놀다가 버린 거요. 그런데 이건 진짜 같은데."

방망이는 나무로 만들어서 묵직했다. 길이가 야구방망이보다 짧고, 뭉툭한 머리에 굴밤 같은 혹이 울퉁불퉁 박혀 있었다.

"아무튼 얼른 갖고 떠나거라."

소금이랑 팥떡은 물꼬대왕에게 인사를 하고 굴을 나섰다. 소금이는 손에 방망이를 들고 팥떡은 입에 구슬을 물었다. 안개가 더 짙어져서 둘레가 온통 희뿌연 벽 같았다. 돌아보니 산호 굴이 그새 온데간데없었다.

"팥떡아, 이쪽 맞지? 똑바로 잘 걸어야 해."

금세 옷이 축축해졌다. 몸이 저절로 비틀거렸다. 차라리 깜깜한 어둠 속에서 걷는 것이 더 쉬울 것 같았다. 걸어 나갈수록 아까 왔던 길과 다르게 느껴졌다. 올 때는 조금 축축한 모래땅이었는데 이제는

아주 마른 땅이었다. 그런데도 어찌 된 일인지 발이 땅속으로 폭폭 빠졌다. 발을 쾅 굴러 봐도 먼지 하나 일지 않았다. 혹시 설탕이나 소금인가? 소금이가 맛을 봐 보려고 허리를 굽히는데, 옆으로 커다란 물수리 한 마리가 내려앉았다.

"그게 똑바로 걷는 것이냐? 안개가루는 왜 먹으려고 하니?"

"어, 이 목소리! 물꼬대왕님이세요?"

"타라. 내가 달팽이가 있는 곳까지 태워 줄 테니."

물꼬대왕이 팥떡과 소금이를 태우고 안개 속을 날았다.

"더 높이 날아 보세요! 안개늪이 어떻게 생겼는지 보고 싶어요."

그런데 얼마 날아오르지도 않아서 다시 땅으로 내려갔다. 왼돌이가 보였다. 아직도 많은 동물이 산신령님 머리카락에 붙어서 차례를 기다리고 있었다. 왼돌이는 물수리가 옆에 내려앉는데도 이야기를 들어 주느라 바빠서 돌아보지도 않았다. 그러다가 물수리를 힐끔 보더니 말했다.

"너도 할 이야기가 있니? 그럼 저 뒤로 가서 차례를 기다려. 어, 소금아!"

물수리 날개를 비집고 소금이와 팥떡이 내리자 왼돌이 눈이 동그래졌다. 물꼬대왕이 물수리에서 할아버지 모습으로 돌아오며 말했다.

"나도 할 이야기가 있는데, 아주 짧아."

"그래도 차례를 기다리세요."

소금이가 얼른 나섰다.

"왼돌아, 이 할아버지는 물꼬대왕님이야."

"대왕님이면 줄 안 서도 돼요? 그리고 가슴이 답답해서 중얼거리는 저 소리에 한 번이라도 귀를 기울여 보셨어요?"

"아니."

할아버지가 민머리를 긁적였다.

"한 번만 찬찬히 들어 주면 될 일인데, 대왕님은 그럼 뭘 하시는데요?"

"그게 그러니까……, 이런 고얀 녀석을 봤나!"

"왜요, 이번에는 또 어떤 모습으로 바꾸려고요?"

할아버지가 모습을 아귀로 바꾸려다가 말았다.

"허 이거 참, 꼭 차례를 기다려야 하느냐?"

"정말 짧아요? 어디 말해 보세요."

왼돌이가 특별히 할아버지를 봐주었다.

"나는 너희 셋 때문에 머리가 어지럽다. 이곳은 너희가 오래 머물면 안 되는 곳이야. 저 위에는 위에 대로 이 아래는 아래 대로 돌아가는 이치가 있어. 그게 서로 다르단다. 그러니까 얼른 돌아가거라."

"할 이야기가 그 말이었어요?"

"그래. 얼른 돌아가. 서둘지 않으면 이곳도 저곳도 아닌 엉뚱한 곳을 떠돌게 돼."

"그러면 할아버지가 우리 대신 이야기를 들어 주세요."

"뭣이, 내가?"

"왼돌이 말이 맞아요. 할아버지 아니면 아무도 없잖아요."

"어험, 나는 이런 일 아니라도 너무 바빠서."

"알겠어요. 그럼 우리가 다 들어 주고 돌아갈게요."

"아, 알았다. 내, 내가 들어 주마. 얼른 내 눈앞에서 사라져 버려."

"좀 태워 주시지 않고요?"

"예끼! 그러면 이야기는 누가 들어 주느냐!"

"안개가 너무 많아요."

"옜다. 이걸로 안개를 헤치면서 가거라."

물꼬대왕이 옆구리에서 깃털을 하나 꺼내 주었다. 그러면서 또 말했다.

"강에 닿거든 강물을 거슬러 올라가지 말고 떠내려가거라. 떠내려가다 보면 강이 두 갈래로 갈라지는데, 오른쪽 작은 샛강으로 배를 움직여서 들어가."

"배가 있는 줄 어떻게 아셨어요? 사실은 그게 산신령님 고무신이에요. 그런데 물살이 빨라지면 배를 어떻게 움직여요?"

"그 영감태기가 배를 주면서 삿대는 안 주더냐? 이렇게 기다란 줄

도 주었구면."

물꼬대왕이 산신령님 머리카락을 잡아당기며 말했다.

"아, 알겠어요. 삿대도 주었어요."

대왕님은 머리카락을 잡고 이야기를 듣기 시작했다. 소금이와 팥떡과 왼돌이는 물꼬대왕님께 인사를 드리고 안개 속으로 들어섰다. 대왕님이 준 깃털로 앞을 쓸자 안개가 뭉게뭉게 밀려났다. 안개를 걷어 내고 보니 바닥이 함지골 논길이나 밭길, 산길과 다를 게 없었다. 이른 아침에 잔별늪 둑길을 걷는 느낌이었다.

"팥떡아, 너 아까부터 왜 한마디도 안 해? 혹시 뭐 먹어?"

"아니야, 왼돌아. 대왕님한테 구슬을 하나 받았어. 나는 이 방망이를 받고. 팥떡은 땅 위로 나갈 때까지 구슬을 입에 물고 있어야 해."

소금이가 대신 말했다.

"잃어버릴까 봐 그래? 그러면 내가 몸 안에 품고 있을게."

왼돌이 말에 팥떡이 입을 다문 채 웅얼거렸다. 걱정하지 말고 자기를 믿으라는 소리였다.

안개늪 끝에서 개다래나무를 만났다. 팥떡이 입을 다물고 있으니까 아무 일 없이 나무덩굴 사이를 빠져나왔다.

솔숲 아이들은 한결같이 마음버섯에 샘물을 뿌리고 있었다. 숲에 버섯이 하나도 안 생기면 모두 어른이 될 수 있다고, 물꼬대왕이 말한 대로 말해 주었다. 그 말을 듣더니 더 부지런히 버섯을 씻었다.

집짐승 마을에서는 배를 잔뜩 채웠다. 안개늪에 갔다가 돌아온 건 소금이와 팥떡과 왼돌이가 처음이라며 잔치를 열어 주었다.

푸른 언덕을 넘어 강가 모래밭에 닿자 산신령님 고무신이 기다리고 있었다. 셋이 고무신 배를 타고 강을 떠내려갔다.

소금이가 호주머니에서 산신령님 눈썹을 꺼냈다. 눈썹도 머리카락처럼 많이 자라 있었다.

"대왕님도 참. 눈썹으로 어떻게 배를 저으라는 거지?"

그러면서 헛일 삼아 눈썹을 강물에 담갔다. 그러자 눈썹이 곧 단단한 장대가 되었다.

"우와, 우리 산신령님 정말 대단해. 어떻게 알고 머리카락과 눈썹을 뽑아 주셨을까. 고무신도 일부러 떠내려 보낸 거야!"

윈돌이가 말했다. 팥떡은 입을 다문 채 한 발로 강물을 부지런히 휘저었다. 소금이는 기다란 장대로 강바닥을 밀며 배를 강 오른쪽으로 몰았다. 한참 떠내려가자 천둥소리가 우르르릉 들려왔다.

"강물이 낭떠러지로 떨어지고 있어! 저기 샛강으로, 빨리빨리! 앗, 물이 하늘로 올라간다아!"

12. 첫내골 너머 도깨비골로

"정신이 드니?"

눈을 뜨니 잔별늪이었다. 고슴도치와 능구렁이가 나무 방망이를 살펴보다가 물었다.

"응, 팥떡이랑 왼돌이는?"

"물꼬대왕이 준 구슬을 찾고 있어."

"뭐? 구슬을 잃어버렸대?"

팥떡이 물 위로 머리를 잠깐 내밀더니 다시 물속으로 들어갔다. 황소개구리도 커다란 눈으로 물속을 살폈다. 자라도 잠깐 보였다.

한쪽에서는 물총새가 물속으로 뛰어들었다. 모두 구슬을 찾느라 바빴다.

소금이도 물로 들어갔다. 잔별늪 가장자리를 헤엄치며 부들과 달뿌리풀 사이를 살폈다. 그러다가 부들 사이에서 고무신 한 짝을 찾았다.

고무신을 쥐고 물 위로 올라오자, 마침 자라도 고무신 한 짝을 입

에 물고 물 위로 올라왔다. 한 짝은 아버지, 한 짝은 산신령 할아버지 고무신이었다.

팥떡이 다가와서 말했다.

"아무리 찾아도 없어."

"혹시 땅 밑에서 흘린 건 아니야? 잘 생각해 봐."

"샛강으로 들어설 때까지 틀림없이 물고 있었어. 그런데 갑자기 강물이 하늘로 솟구치는 바람에 몸이 뒤집어지면서…… 그다음은 모르겠어."

"그러게 나한테 맡겼으면 이런 일이 없었지. 혹시 삼킨 거 아니야?"

윈돌이가 깃털을 붙들고 다가오면서 말했다. 안개늪에서 안개를 쓸어 내던 물수리 깃털이었다. 윈돌이 말을 듣고 소금이가 팥떡 배를 보니 배가 조금 붉어 보였다.

"팥떡아, 입을 크게 벌려 봐."

소금이가 팥떡 목구멍 안을 들여다보자 안에서 붉은빛이 비쳐 나왔다.

"이를 어째! 구슬이 배 속에 있나 봐."

"삼킨 줄 모르고 여태 잔별늪을 뒤졌어."

"그래도 땅 밑에서 흘리지 않아서 다행이야."

"토해! 토해 봐."

팥떡이 혀를 길게 내밀고 배를 울룩불룩하며 구슬을 토해 내려고 애를 썼다. 하지만 물만 조금 흘러나올 뿐이었다.

"똥을 누면 함께 나올지도 몰라."

고슴도치가 말했다.

"눠 봐. 안 누고 싶어?"

"응."

팥떡이 잔뜩 울상이 되었다.

"걱정 마. 잔별늪에 빠트렸으면 아직도 못 찾았을 거야. 산신령 할아버지한테 가 보자. 물꼬대왕 만난 이야기를 해 드려야지."

"나는 안 갈래. 그냥 여기 있을게."

"괜찮아. 내가 잘 말할 테니까 너는 그냥 입만 한 번 벌리면 돼."

그때 검정이가 함지골 쪽에서 달려왔다. 풀이랑 나무가 소금이 소식을 온 숲에 퍼뜨린 모양이었다.

"소금아! 무섭지 않았어?"

"조금. 할아버지는 어디 계셔?"

"낮잠 주무시는 거 보고 살짝 나왔어. 할아버지한테 가려고?"

"응."

"그럼 내 등에 타."

"왼돌이랑 팥떡도?"

"다 타."

밤송이 고슴도치도 타겠다고 하는 걸 겨우 말렸다. 왼돌이는 물수리 깃털을 붙들고, 소금이는 고무신이랑 방망이를 들고 탔다. 팥떡은 배 속에 구슬을 품은 채로 탔다.

검정이가 호랑이굴로 달렸다. 달리는 길가에 숲 속 동무들이 나와서 반겨 주었다.

"참, 함지골 물구멍은 막혔지?"

"응, 할아버지는 지리산 노고단 할머니 덕인 줄 알아."

"지리산 할머니가 왔어?"

"표범을 타고 왔다 갔어."

"물구멍을 막은 건 우리야. 그렇지, 소금아? 우리가 물꼬대왕을 만나서 따졌으니까."

팥떡이 볼멘소리를 했다.

"그런데 노고단 할머니가 뭘 타고 왔다고?"

왼돌이가 물었다.

"검은 표범. 우리는 벌써 두 번이나 만났어."

"안 무서웠어?"

"무섭긴. 나더러 꽤 잘 달린다고 그랬어."

"그건 그래. 우리 숲에서 빨리 달리기는 검정이가 으뜸이야. 그렇지만 오래달리기는 내가 으뜸일걸."

왼돌이가 말했다. 그러는 사이에 굴에 닿았다.

"가만, 아직 주무시는지도 몰라."

굴 안을 가만히 살폈다. 할아버지가 돌 위에 반듯하게 앉아 있었다.

"어, 일어나서 앉아 계신다."

"쉿! 할아버지는 원래 앉아서 주무셔."

검정이를 따라 모두 살금살금 굴 안으로 들어갔다. 할아버지는 눈을 감고 꼿꼿하게 앉아 있었다.

가까이 다가가자 나직하게 코까지 골았다. 소금이가 할아버지 고무신과 아버지 고무신을 짝이 맞게 살그머니 바꾸었다.

　"내려놓아라."

　눈을 감은 채 할아버지가 말했다.

　"깨셨어요?"

　"고얀 녀석, 신을 왜 훔쳐 가느냐!"

　할아버지가 눈을 부릅뜨며 말했다.

　"훔치려는 게 아니고요, 서로 짝이 맞게 바꾼 거예요."

　"그건 또 무엇이냐?"

　할아버지가, 소금이가 들고 있는 방망이를 보고 물었다.

　"아, 이거요? 물귀신 아니, 물꼬대왕님이 주신 거예요. 할아버지한테 보여 드리래요."

　"어디 보자."

할아버지가 방망이를 요리조리 살폈다. 우둘투둘한 방망이 머리를 등에 대고 긁어도 보고, 발바닥에 대고 문질러도 보았다. 바위에다 탁탁 두들겨 보기도 했다.

"제 생각에는요, 도깨비방망이 같아요."

이 말에 할아버지가 방망이를 얼른 내려놓았다.

"야 이 녀석아, 그걸 왜 이제야 말해?"

"그냥 책에서 한번 본 기억이 나요."

"이런, 책에서 봤다는 것도 지금 말하고 있네!"

"아이참, 도깨비가 무서우세요?"

"예끼! 무섭기는. 이런 방망이를 든 도깨비를 본 적이 없어서 그렇지, 에헴! 그나저나 물귀신 영감은 잘 있더냐?"

"예. 그런데 우리가 잘 다녀왔는지는 안 물어보세요?"

할아버지는 그제야 소금이와 팥떡과 왼돌이를 찬찬히 둘러보았다.

"옴개구리가 좀 힘들었던 모양이구나. 그 깃털은 어디서 났느냐?"

"물수리 깃털이에요. 이걸로 안개를 쓸면 아주 잘 쓸려요."

왼돌이가 말했다. 할아버지가 만져 보고 싶어 해서 소금이가 깃털을 할아버지한테 건넸다.

"물수리가 바로 물꼬대왕님이에요. 아귀도 되고 바다뱀도 되었어요."

"그 영감태기가 별짓을 다 하는구먼."

"할아버지도 날 수 있어요?"

"떽! 내가 새냐!"

소금이가 귀를 막으며 한 걸음 물러섰다.

"둘이 닮았어요."

"뭐가!"

"큰 소리로 성내는 거요. 물꼬대왕 할아버지랑 똑 닮았어요."

"허, 요 녀석이."

할아버지가 깃털을 얼굴 가까이 대고 부채처럼 흔들었다. 눈썹과 수염이 바람에 휘날렸다. 왼돌이가 머뭇거리다가 말했다.

"그 깃털 돌려주시면 안 돼요?"

"시원해서 부채로 써야겠다. 물귀신 영감이 또 다른 건 안 주더냐?"

"그게요, 한 가지 더 있는데요."

소금이가 말을 꺼냈다.

"무엇이냐?"

"이야기 듣고 또 성내시면 안 돼요."

"무엇이냐니까."

"구슬이요. 다음에 또 물구멍이 나면 쓰라고 주셨어요."

"내놔 봐."

"팥떡 배 속에 있어요. 입에 물고 오다가 그만……. 팥떡아, 입 벌려 봐."

팥떡이 입을 벌리자 목구멍 안이 발갰다.

"그러니까 저 녀석이 삼켜 버렸다는 말이냐? 저 고얀 녀석 배를 갈라라! 당장 구슬을 꺼내!"

산신령 할아버지가 깃털로 팥떡을 가리키며 소리쳤다. 팥떡이 놀라서 굴 밖으로 달아났다. 소금이가 말했다.

"할아버지, 너무해요! 어떻게 그런 무서운 말을 할 수 있어요?"

"구슬을 꺼내야지."

그러자 윈돌이가 소리쳤다.

"그럼 팥떡이 죽잖아요!"

할아버지가 또 소리를 지를 듯이 숨을 들이마시더니 입을 다물었다. 얼굴이 조금 붉어졌다. 손으로 수염을 두어 번 쓰다듬었다. 그러더니 물수리 깃털을 펄럭펄럭 부치며 말했다.

"구슬은 어험, 옴개구리 몸속에 그대로 두는 게 좋겠다. 꺼내 봐야 마땅히 놔둘 곳도 없고. 호랑아."

검정이가 얼른 앞으로 나가 엎드렸다. 할아버지가 검정이 등에 올라앉으면서 소금이에게 말했다.

"저 울퉁불퉁한 방망이는 첫내골 너머 도깨비한테 갖다 보여 주렴."

"우리가요?"

제대로 물어볼 사이도 없이 할아버지랑 검정이가 굴 밖으로 휙 사라져 버렸다.

"아이, 아직 할 말이 남았는데, 순 멋대로 억지 할아버지야. 머리카락이랑 눈썹을 주셔서 고맙다고 말하려고 했는데……."

굴 밖으로 나오자 팥떡이 공작고사리 그늘에 웅크리고 앉아 있었다. 왼돌이가 다가가서 말했다.

"팥떡아, 걱정 마. 네 몸은 이제부터 구슬을 넣어 두는 집이야. 꺼내더라도 마땅히 둘 곳이 없대. 그러니까 몸을 잘 보살펴야 해."

공작고사리

방망이를 호랑이굴에 둔 채, 셋이 함지골로 내려왔다.

"도깨비골에 누가 가면 좋을지 생각해 보자."

소금이는 동무들과 헤어져서 집으로 돌아왔다. 아버지가 울타리 옆 텃밭에서 씨를 뿌리고 있었다.

"아부지, 뭐 심어?"

"상추."

아버지는 돌아보지도 않고 말했다.

"나, 땅 밑에 갔다 왔어."

"용왕님 만나러?"

"아니. 물꼬대왕님 만나고 왔어."

"그래 고무신은 찾았니?"

"응, 붉은 구슬이랑 도깨비방망이도 얻어 왔어."

"무슨 방망이?"

아버지가 그제야 소금이를 돌아보았다.

"도깨비방망이. 그래서 도깨비골에 가야 할지도 몰라."

"산신령 할아버지가 방망이를 도깨비골에 가져다주래?"

"응."

"할아버지도 참. 검정이를 호랑이처럼 부리는 것도 모자라 이젠 너한테까지 힘든 심부름을 막 시키는구나."

"심부름 아니야. 나도 도깨비골에 가 보고 싶어."

13. 더벅머리 김 서방

소금이는 오랜만에 늦잠을 푹 잤다.

점심때가 다 되어 일어나 보니 아버지는 안 보이고 해가 마당 위에서 내려다보고 있었다. 마당가 나무들이 땡볕에 모두 지쳐 보였다. 단풍나무는 잎을 여러 겹 포개어서 해를 가리고 있었다. 잎이 빨갛게 달아올라 불붙은 손바닥 같았다.

소금이가 집 밖으로 나오자 울타리 꾸지뽕나무가 말했다.

"아우, 말도 못하게 더워. 어디 가는데?"

꾸지뽕나무

말매미

"우리 아부지 못 봤니?"

"아침에 호미골로 가던데."

"그래? 버섯 따러 갔나 보네."

"그늘로 들어와. 폭포 소리도 있어."

꾸지뽕나무 그늘로 들어섰다. 때맞춰 매미 소리가 쏴아아 하고 쏟아졌다.

"정말 폭포 소리 같네. 말매미야, 그렇게 소리 지르면 배 안 아파?"

"말 시키지 마. 나 바빠. 얼른 짝을 찾아야 해."

조금 뒤에 어디선가 암컷 말매미가 푸르르 날아와 옆 가지에 앉았다. 그러자 말매미가 더 우렁차게 소리를 쏟아냈다. 그 모습을 보면서 꾸지뽕나무가 소금이한테 속삭였다.

"도깨비골에 가면 나 닮은 애 있나 좀 알아봐 줘. 나도 열매를 맺을 때가 되었는데, 내 짝이 될 나무가 둘레에 없어."

"그래서 그렇게 돌아다녔구나. 알았어."

소금이는 그늘에서 나와 도랑물로 낯을 씻었다.

그때 검정이가 헐레벌떡 달려왔다.

"할아버지가 얼른 도깨비골로 떠나래."

"지금? 같이 갈 동무도 아직 안 정했는데. 내일 아침에 떠날래. 나는 심부름꾼이 아니니까 내가 가고 싶을 때 갈 거야."

"그럼 나만 혼나."

"왜 너를 혼내? 정말 괴짜 할아버지야."

"우리 주인아저씨는 소식 없어? 나 찾으러 안 왔어?"

"응, 전화만 왔어. 아부지더러 널 찾아서 별장에 데리고 있으라고 했대."

"빨리 안 데려가면 나 정말 호랑이가 되고 말 거야."

"호랑이 노릇이 싫어?"

"뭐 싫지는 않지만, 너무 고단해. 쉴 수 있는 시간은 할아버지가 낮잠 주무실 때뿐이야."

때맞춰 호미골 쪽에서 아버지가 돌아왔다. 아버지는 검정이를 보더니 아주 반가워했다.

"아이구, 검정아! 숲에서 잘 지냈니? 들어가자. 오늘 밤은 별장에서 자."

아버지는 묵직해 보이는 자루를 어깨에 메고
있었다.

메밀

"버섯이야?"

"아니, 메밀. 장에 갔다 오는 길이다."

"호미골 산길로?"

"응, 산길로 질러가면 찻길로 가는 것보다 빨라."

그날 검정이는 정말로 별장에서 잤다. 할아버지가 얼마나 성을 낼
지 걱정이 되기는 했지만, 소금이 아버지를 믿고 안뜰 잔디밭에서
실컷 놀아 버렸다.

아버지는 장에서 사 온 메밀로 메밀묵을 쑤느라 바빴다.

다음 날 아침, 소금이와 검정이가 호랑이굴로 가려고 하자, 아버
지가 메밀묵을 깨끗한 보자기에 싸서 내놓았다.

"할아버지 갖다 드리라고?"

"할아버지랑 도깨비. 큰 거 한 모가 도깨비들 몫이다."

굴에 닿았다. 굴 안에서 할아버지가 물수리 깃털을 옆구리에 대고
흔들면서 뭐라 중얼거리고 있었다. 소금이가 조심스럽게 물었다.

"뭐하세요?"

"이런 고얀 녀석들, 왜 이제야 오느냐? 새가 되어 찾아가 보려고 했다!"

검정이가 잘못했다는 듯이 구석으로 가서 얌전히 엎드렸다.

"물수리가 되고 싶으세요?"

"어험! 그게 그러니까, 물귀신 영감은 뭐라고 하니까 새로 바뀌더냐?"

"아무 말 않던데요. 그냥……."

그냥 성을 왈칵 내니까 아귀나 물수리로 바뀌더라고 말하려다가 꾹 참았다. 그랬다가는 날개가 생길 때까지 성을 버럭버럭 낼 게 뻔했다. 소금이가 할아버지 앞에 보자기를 풀었다.

"이거 아부지가 쑤었는데요, 한 모 드셔 보세요."

"메밀묵 아니냐?"

할아버지는 묵을 손으로 집어 우적우적 먹었다.

"할아버지, 저 도깨비골에 갈 때요, 호랑이랑 같이 가면 안 돼요?"

"그래, 안 된다."

"에이, 왜요?"

"도깨비가 놀라."

할아버지는 쉬지 않고 묵을 우물우물 씹어 먹었다.

"좀 천천히 드세요."

"저 방망이 들고 곧장 떠나거라. 케 켁! 아니다,
물부터 좀 떠다 주고."

소금이가 물을 뜨러 굴을 나서는데
뒤에서 할아버지가 고무신 한 짝
을 벗어서 던졌다.

"거기다 떠 와."

소금이는 나뭇잎에 떠올 생각이었다. 조릿대밭을 가로질러 첫내
골 으뜸샘에 닿자 날다람쥐와 까마귀가 먼저 와 있었다.
말하는 숯덩이, 까마귀가 물었다.

"또 한 짝 잃어버렸어?"

"아니, 산신령 할아버지가 묵을 드시다가 목이 메어서
여기다 물 뜨러 왔어."

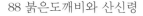

조릿대

고무신에 물을 담아 재빨리 돌아오니 세상에나, 할아버지가 묵을 다 먹어 버렸다.

"큰 거 한 모는 도깨비골에 가져갈 거였어요!"

소금이가 소리를 지르거나 말거나, 할아버지는 고무신 뒤축에 입을 대고 물을 벌컥벌컥 마셨다. 그런 다음 빈 보자기로 방망이를 돌돌 싸서 소금이 등에 비스듬하게 둘러매어 주었다.

한쪽 끝은 오른쪽 어깨에 걸고 다른 끝은 왼쪽 겨드랑이 아래로 빼

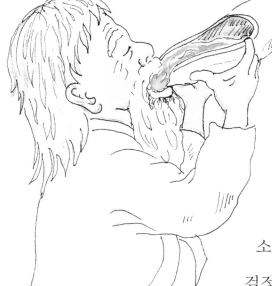

내 가슴에서 매듭을 지었다.

"얼른 갔다 와."

"혼자서요?"

"가서 김 서방을 찾아."

"머리카락이라도 하나 뽑아 주세요."

"뗙!"

소금이는 쫓겨나듯이 굴을 나왔다.

검정이가 뒤따라 나와서 말했다.

"아무나 만나서 퍼뜩 주고 와 버려. 내가 깔딱고개로 마중 나갈게."

"가는 김에 대장도깨비는 만나 봐야지."

첫내골 으뜸샘에 날다람쥐가 아직 가지 않고 있었다. 소금이가 바위 비탈길로 오르자 슬금슬금 따라왔다. 그러더니 어느 결에 바위를 겅중겅중 건너뛰며 앞서 갔다.

"야, 하늘보자기! 너는 어디 가는데?"

"도깨비골."

"혹시 산신령님이 나랑 함께 가라고 했어?"

"아니."

"그럼 왜 가는데?"

"까마귀한테 부탁을 받았거든. 너랑 함께 가 주라고."

"까마귀? 말하는 숯덩이가 왜?"

"걔는 멧비둘기한테 부탁을 받았대."

"멧비둘기는 왜?"

"멧비둘기는 어치한테, 어치는 파랑새한테, 파랑새는 물총새한테, 물총새는…… 별장 아저씨한테!"

멧비둘기

파랑새

"우리 아부지?"

마침내 깔딱고개에 올라섰다. 도깨비골을 내려다보니 소나무가 꽉 우거져 있다. 솔가지가 구름처럼 뭉실뭉실하게 부풀어 골짜기를 가득 메우고 있었다.

날다람쥐가 소나무 높다란 가지 사이를 건너뛰며 골짜기로 내려갔다. 아름드리 소나무가 하늘을 가리고 있어서 한낮인데도 숲이 어두컴컴했다.

얼마쯤 내려가자 물소리가 졸졸졸 들려왔다. 실개울이었다. 개울물이 얼음처럼 맑고 차가웠다. 물속에 사금파리가 몇 조각 보였다.

"옛날에 여기 마을이 있었나 봐."

"조심해. 여기부터는
도깨비 마을이니까."
"여기 와 본 적 있니?"
"잣송이 찾아서 몇 번."
날다람쥐가 나무 위에서 말했다. 모습은 안
보이고 솔가지를 건드리는 소리만 났다. 개울
건너 숲 바닥에는 마른 솔잎이 폭신하게
깔려 있었다.

걷다 보니 문득 땅속 나라 마음버섯
숲이 떠올랐다.
어디선가 발가벗은 아이들이 솔잎에 물을
적셔 나타날 것 같았다.

그때였다.
"어디 가는데?"
누가 귓가에 속삭여서 고개를 돌려보니,
어깨 위에 굴뚝새 한 마리가 앉아 있다.

"안녕? 여기 사니? 나는 김 서방 아저씨를 만나러 왔어."

"따라와."

굴뚝새가 앞에서 포르르 날았다. 나무 사이로 요리조리 따라가자 커다란 바위가 앞을 막았다. 물오름재에 있는 마당바위처럼 넓적했다. 그 크고 넓적한 바위를 다른 뭉툭한 바위가 밑에서 다리처럼 받치고 있었다.

"옛날 무덤이야."

굴뚝새가 바위 위에서 말했다. 그런데 날다람쥐가 갑자기 나무 위에서 바위로 뛰어내리더니 굴뚝새를 냉큼 붙잡아 갉아먹기 시작했다.

"어, 뭐야? 굴뚝새한테 왜 그래!"

"이건 솔방울이야."

굴뚝새가 솔방울로 바뀌어 있었다.

"아까는 굴뚝새였어!"

"내 눈에는 처음부터 솔방울이었어."

소금이는 도무지 믿어지지 않았다.

둘레를 살펴보았다. 바위 뒤쪽에서 무슨 소리가 들렸다. 코 고는 소리였다. 머리털이 더부룩한 아저씨가 바위에 등을 기댄 채 자고 있었다.

옆에는 솔방울이 수북이 놓여 있었다.

"저기, 좀 일어나 보세요."

그래서는 못 깨운다는 듯이, 날다람쥐가 나무 위로 높이 올라가서 솔방울을 배 위로 떨어뜨렸다.

"엇! 누, 누구냐!"

더벅머리 아저씨는 눈을 뜨자마자 소금이를 보더니 솔방울을 한 움큼 집어서 던졌다. 솔방울들이 굴뚝새로 바뀌어서 날아다녔다. 날다람쥐가 재빨리 나무에서 뛰어내리자 굴뚝새가 모두 솔방울로 바뀌어 땅에 떨어졌다.

"뭐야, 이 다람쥐 녀석, 나무줄기에 꽁꽁 묶어 놓겠다!"

"잠깐만요, 아저씨가 김 서방 아저씨예요?"

날다람쥐가 소금이 뒤로 슬그머니 숨었다.

"김 서방이 어디 한둘이냐! 너희는 누구냐?"

"첫내골에서 왔어요. 보여 줄 게 있어서요."

소금이가 등에 멘 보자기를 끌러 바닥에 내려놓았다. 더벅머리 아저씨가 다가와서 코를 킁킁거렸다.

"이게 무슨 냄새지?"

"아, 원래는 여기에 메밀묵도 쌌는데요, 산신령 할아버지가 다 먹어 버렸어요."

아저씨는 소금이 말을 듣는 둥 마는 둥 급하게 보자기를 풀었다. 그리고 방망이를 보더니 뒤로 벌렁 나자빠졌다.

"깜짝이야! 이건 뭐야?"

"도깨비방망이요."

"뭣, 도깨비 잡는 방망이?"

아저씨가 방망이한테서 멀찍이 물러나 앉았다.

"도깨비 잡는 게 아니고요, 정말 모르세요? 요술 방망이 있잖아요."

"그런 방망이가 있어?"

소금이가 말문이 막혀서 날다람쥐를 바라보았다. 날다람쥐가 소금이 어깨 위로 조르르 올라와서 속삭였다.

"저 아저씨 도깨비 맞아. 빗자루 도깨비야."

14. 털북숭이 으뜸도깨비

"이 숲에 혼자 사세요?"

"모두 모자바위 너머 개암골에 갔어. 돌아올 때가 됐으니까 조금만 기다려 봐."

그러면서 아저씨가 솔방울 하나를 공중으로 살짝 던져 올렸다. 그러자 솔방울이 굴뚝새로 바뀌더니, 보자기 끝자락을 부리로 물어 방망이를 덮어 버렸다. 그러고는 모자바위 쪽으로 바삐 날아갔다.

"아저씨, 이 방망이가 무서우세요?"

"다듬잇방망이도 아니고, 참 사납게 생겼네. 좋은 방망이는 아니

지 싶다."

"다들 개암골에는 왜 갔는데요?"

"개암골에 물구멍이 생겼어."

"예에? 그럼 골짜기 물이 땅 밑으로 다 쏟아져요?"

"아니, 땅속 물이 위로 막 솟아 나와."

"정말이요?"

"물구멍이 둘인데, 한쪽에서는 차가운 물이 솟아 나오고 또 한쪽
에서는 뜨거운 물이 솟아 나와."

"누가 뚫었는데요?"

"몰라."

"왜 뚫었는데요?"

"거참, 그걸 모르니까 알아보러 갔지! 한 번만 더 물으면 화낼 테다!"

빗자루 아저씨가 바위에 등을 기대며 눈을 감았다. 소금이는 솔방울이 어떻게 굴뚝새로 바뀌는지 궁금해서 솔방울 하나를 살며시 집어 들었다. 그때 빗자루 아저씨가 눈을 번쩍 떴다.

"그, 그냥 한번 던져 보려고요."

"왜?"

"굴뚝새로 바뀌나 보려고요."

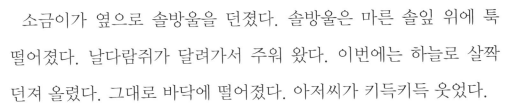

도토리

"그럼 어디 던져 봐."

소금이가 옆으로 솔방울을 던졌다. 솔방울은 마른 솔잎 위에 툭 떨어졌다. 날다람쥐가 달려가서 주워 왔다. 이번에는 하늘로 살짝 던져 올렸다. 그대로 바닥에 떨어졌다. 아저씨가 키득키득 웃었다.

"솔방울로 팽이치기나 공놀이해 본 적 있어?"

"아니요."

"도토리나 굴밤으로 구슬치기는 해 봤어?"

"그런 거 하면 굴뚝새도 날릴 수 있어요?"

더벅머리 빗자루 아저씨는 대답 대신 자기 머리를 두어 번 헝클더니 다시 눈을 감았다. 머리카락이 수수이삭처럼 붉었다. 머리에 뿔이 있나 살펴보았지만 그런 것은 안 보였다.

"우르릉 쿵쿵 데굴텅데굴텅……."

갑자기 모자바위 쪽에서 돌 구르는 소리가 났다. 날다람쥐가 놀라서 소나무 위로 올라가 살폈다.

"떼로 굴러 오고 있어."

소금이는 재빨리 옛날 무덤 바위 위로 올라갔다. 하나둘이 아니었

다. 둥근 돌, 모난 돌, 길쭉한 돌, 뭉툭한 돌, 납작한 돌, 뾰죽한 돌, 오목한 돌……. 바위 바로 앞에까지 굴러 와서 하나같이 딱 멈추어 섰다. 그러더니 저마다 웅크렸던 몸을 풀었다. 돌덩이인 줄 알았더니 아니었다. 날다람쥐가 나무에서 내려와 소금이 어깨 위로 올라와서 속삭였다.

"모두 김 서방인데, 가운데 멍석 도깨비가 대장인가 봐. 옆으로 홍두깨, 삼태기, 호미, 괭이, 도리깨, 지겟작대기, 부지깽이, 주걱, 사발, 절굿공이……."

말을 듣고 보니 저마다 본디 모습이 조금씩 남아 있었다. 멍석 아저씨는 온몸에 지푸라기 같은 털이 북슬북슬 나 있고, 홍두깨 아저씨는 불그스름한 얼굴에 반질반질 윤이 흐르고, 지겟작대기 아저씨는 몸매가 호리호리 빼빼 말랐고, 절굿공이 아저씨는 튼튼한 어깨에 허리가 잘록했다.

"으뜸 김 서방, 쟤가 이상한 방망이를 메고 깔딱고개를 넘어왔어."

더벅머리 빗자루 아저씨가 털북숭이 멍석 아저씨에게 일러바치듯이 말했다. 털북숭이 아저씨가 성큼 나서서 보자기 끝자락을 휙 잡아챘다. 울퉁불퉁한 방망이 머리가 바닥에 쿵 떨어졌다.

"누구 이런 방망이 본 적 있어?"

모두 처음 본다는 얼굴로 방망이를 내려다보았다.

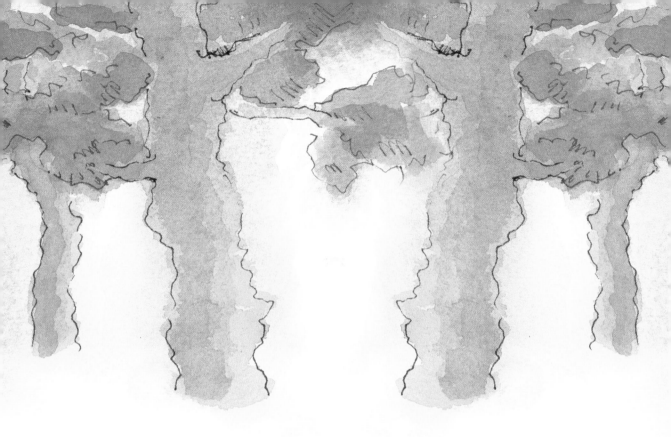

"이야기를 들은 적도 없어?"

그러자 키다리 도리깨 아저씨가 구부정한 어깨를 추스르며 말했다.

"아주 오래전에 타작마당 방울나무한테서 들었는데, 바다 건너 꼬마 귀신이 저런 혹방망이를 휘두르며 사람에게 해코지를 한대. 혹이 뾰죽뾰죽 돋은 거 보면 그 방망이 아닐까?"

갑자기 털북숭이 으뜸 김 서방 아저씨가 소금이를 가리키며 소리

쳤다.

"저 꼬마 귀신을 당장 잡아 묶어라!"

말 떨어지기 무섭게 아저씨들이 달려들어 소금이를 굵은 소나무에 꽁꽁 묶었다. 보자기로 여러 번 감아 묶었는데도, 보자기 끝이 매듭을 짓고 한 뼘이나 남았다. 날다람쥐는 나무 꼭대기로 잽싸게 달아났다.

"저 귀신 아니에요! 저 너머 별장에 사는 소금이에요!"

"바른대로 말해. 그럼 이건 어디서 났지?"

"땅 밑에서요. 물꼬대왕님이 주셨어요."

"땅 밑에? 물꼬대왕이?"

"물에 떠내려온 것을 대왕님이 주웠대요. 물꼬대왕님은 산신령님한테 보여 주라고 했고, 산신령 할아버지는 김 서방 아저씨한테 보여 주라고 했어요."

소금이 말에 합죽이 주걱 아저씨가 방망이를 요모조모 살폈다. 냄새를 흠흠 맡아 보고, 혀도 살짝 대어 보았다.

"방망이에 갯바람 냄새랑 짠맛이 배어 있어. 산골에서 자란 나무는 아닌 것 같아. 그런데 땅 밑에는 왜 갔어?"

"함지골에 물구멍이 생겨서 물꼬대왕님한테 따지러 갔어요. 빨리 이것 좀 풀어 주세요!"

털북숭이 아저씨가 솔잎을 한 줌 집어 소금이 가슴에 뿌렸다. 그러자 보자기가 솔잎과 함께 바닥으로 스르르 흘러내렸다.

"이 방망이는 우리 것이 아니니까 도로 가져가거라."

"안 돼요. 그러면 산신령 할아버지가 성내실지도 몰라요."

"우리는 방망이 없이도 마음만 먹으면 뭐든 할 수 있어."

"그래도 혹시 쓸 데가 생길지 모르잖아요."

소금이가 방망이를 보자기에 싸서 털북숭이 아저씨 앞으로 살며시 밀었다. 옆에서 홍두깨 아저씨가 물었다.

"산신령님이 성을 자주 내니?"

"걸핏하면 소리를 지르고 그래요."

"바깥세상이 산신령님 마음이랑 다르게 돌아가니까 그러실 거야. 우리도 이따금 숲 밖으로 나가 보면 한숨과 짜증이 절로 나더라."

"참, 개암골에 생긴 물구멍은 어떻게 된 일인데요?"

"어떤 사람이 숲에 들어와 재주를 부렸어. 처음에는 샘물 공장을 차리려고 했는데, 뜨거운 물이 나오니까 생각이 더 사납게 바뀐 모양이야. 개암골을 온천으로 꾸미고 산자락을 허물어 골프장, 썰매장, 놀이 공원 따위를 지으려고 해."

"그러면 나무도 없어지겠네요?"

날다람쥐가 소나무 옆 가지에 앉아 물었다.

"그런 일을 두고 볼 수야 있나."

절굿공이 아저씨가 어깨를 가볍게 들썩이며 말했다.

"자 자, 그 일은 나중에 또 의논하기로 하고 꼬마 손님이 오셨으니까 잔치나 한 판 벌이자고!"

삼태기 아저씨가 숲으로 들어가더니 솔방울이랑 솔잎을 한가득 안고 왔다. 홍두깨 아저씨가 솔잎을 돌돌 말아 가래떡을 만들었다.

주걱 아저씨는 솔방울로 송편을 빚었다. 소금이가 송편 하나를 받아
서 베어 먹었다. 송편 안에 고소한 솔씨가 들어 있었다.

"소금이라고 했지? 어디, 나랑 씨름 한 판 할까?"

홀쭉이 지겟작대기 아저씨가 말했다. 슬쩍 밀기만 해도 넘어갈 것
처럼 호리호리했다.

"해 볼까요?"

잘하면 이길 수 있을 것 같았다.
그런데 씨름을 하려고 마주 서니 아
저씨 키가 소나무 높이만큼 늘어나 보였
다. 주눅이 드는 걸 꾹 참고, 시작하자마
자 재빨리 다리를 걸어 밀었는데 도리어 소
금이가 먼저 넘어져 버렸다. 아저씨들
이 하나같이 큰 소리로 왁자그르르 웃
었다.

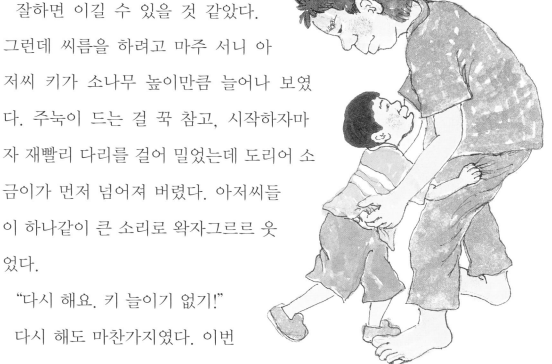

"다시 해요. 키 늘이기 없기!"

다시 해도 마찬가지였다. 이번

에도 다리걸기로 밀어붙이다가 소금이가 되레 맥없이 쓰러졌다. 날다람쥐가 얼른 뛰어와 소금이를 일으키며 소곤거렸다.

"그쪽 다리는 헛다리야. 다른 쪽 다리를 걸어."

아저씨들은 바닥을 뒹굴며 웃다가 덩실덩실 춤을 추며 좋아했다.

"한 판만 더 해요."

"하하, 또 지려고?"

이번에는 이겼다. 틈을 슬슬 엿보다가 왼 다리를 걸어 힘껏 밀어젖히자 지겟작대기 아저씨가 벌렁 나자빠졌다. 모두 잠깐 말을 잃었다.

"어, 제법인데? 이번에는 나랑 해 보자."

얼굴이 가무잡잡한 부지깽이 아저씨가 나섰다. 키가 소금이랑 비슷했다. 힘도 비슷했다.

서로 틈을 엿보며 한동안 팽팽하게 버티다가 소금이가 다리를 호미처럼 걸어 넘어뜨렸다. 요령을 알고 나니 쉬웠다. 모두 시무룩하게 손뼉을 쳤다. 괭이 아저씨가 말했다.

"씨름은 그만하고 인제 다른 거 해. 숨바꼭질 어때?"

말 떨어지기 무섭게 저마다 숨을 곳을 찾아 흩어졌다.

"잠깐, 술래를 정해야 하잖아요!"

한순간에 소금이만 덩그러니 남았다. 얼떨결에 술래가 되었다. 아저씨들이 소나무 뒤에 숨었나 살펴보고 돌이 되어 웅크리고 있나 둘러봐도 안 보였다. 하늘다람쥐도 안 보였다. 이 웃기는 보자기가 자기도 숨겠다고 함께 따라나선 모양이었다.

"하늘보자기!"

나무 위를 살피며 소나무 사이로 걸었다. 사락사락 솔잎 밟는 소리가 무척 크게 들렸다. 숲이 너무 조용했다.

"못 찾겠다, 꾀꼬리!"

걷다 보니 처음 자리에서 꽤 멀리 떨어졌다. 슬슬 무서웠다. 다시 처음 자리로 돌아가려니까 어느 쪽인지 헷갈렸다. 아름드리 소나무 사이를 이리저리 헤매고 다녔다. 헤매다가 몇 번이나 같은 소나무를 만났다.

"어디 숨었어요? 못 찾겠어요!"

소금이는 아무래도 같은 곳을 자꾸 돌고 있는 느낌이 들었다. 어디 물어볼 만한 동무 하나 안 보였다. 흔한 솔새 한 마리 안 지나가

고 매미 소리도 멀리서만 들렸다. 언뜻 아름드리 소나무한테 물어봐
야겠다는 생각을 했다.

신발을 벗고 소나무를 타고 올랐다. 굵은 줄기를 끙끙 오르고 나
니 위에는 가지가 옆으로 뻗어 있어서 딛고 오르기 한결 수월했다.
꼭대기 가까이 오르자 앞이 훤히 트였다. 둘러보니 깔딱고개가 멀찍
이 보였다.

"소나무님, 제 말 들리세요?"

대답이 없었다. 나이가 많아서 잘 안 들리는지도 몰랐다.

"안 들리세요?"

"크게 말하면 안 들려. 좀 소곤소곤 말해 봐."

"쭉 여기 이 자리에만 있었어요?"

"젊을 때는 많이 나돌아다녔지. 이제는 늙어서 못 그래."

"혹시 옛날 무덤이 어디 있는지 아세요?"

"알지. 저쪽에 나보다 더 늙은 나무 보이지? 옛날 무덤을 지키는 나무란다."

"고맙습니다, 나무 할아버지."

소금이는 얼른 나무에서 내려와 옛날 무덤 쪽으로 갔다. 여러 김 서방 아저씨들과 하늘보자기가 바위 둘레에서 거꾸로 소금이를 기다리고 있을 것 같았다.

그런데 아니었다. 방망이를 싼 보자기만 소나무 둥치에 비스듬히 기대어져 있었다.

혹시 바위 뒤쪽에 모여 있나 싶어서 뒤로 돌아가 보았다. 아무도 없었다. 그러다가 너럭바위를 받치고 있는 뭉툭한 다릿돌 사이로 둥그런 굴이 뚫린 것을 보았다.

"흠, 모두 저 안에 숨었군."

세상에 있는 여러 목숨들과 만나보세요

　세상에는 수많은 목숨이 있습니다. 우리 눈에 잘 보이지 않는 땅속을 기어 다니는 조그만 벌레부터 하늘을 나는 새, 동물의 왕이라 불리는 사자와 호랑이, 그리고 사람. 이 모든 것들이 서로 어울려 살아가고 있습니다. 이 모든 동물은 똑같이 하나의 목숨을 가졌고, 저마다 힘껏 살아가고 있습니다. 눈에 보이지도 않을 만큼 조그만 벌레도, 세상의 주인이라고 하는 사람도 그 목숨 값을 저울에 달면 누구나 똑같은 무게가 될 것입니다.

　이 동화책에는 이처럼 여러 목숨들이 등장합니다. 평소에 우리는 전혀 조금도 마음 쓰지 않던 목숨들입니다. 고슴도치, 능구렁이, 물총새,

왕사마귀, 오소리, 고라니, 산토끼, 실베짱이, 다람쥐, 청설모, 호랑나비, 산개구리, 달팽이, 검정개, 이 모든 것들이 살아가는 세상입니다.

그뿐만 아닙니다. 온갖 종류의 나무들도 하나의 생명으로 등장합니다.

이 모든 목숨은 사람이 살아가듯이 그렇게 함께 놀고, 이야기하고, 어려운 일이 있으면 힘을 합해 헤쳐나가며 살아갑니다. 산신령과 검정개가 서로 이야기를 나누고, 나무와 나무가 이야기를 나누며 신 나게 놀기도 하며 살아갑니다. 사람과 도깨비와 산신령 할아버지, 그리고 살아있는 모든 것이 서로 마음을 나누며 살아가는 것입니다. 무엇보다 우리가 옛이야기에서 만났던 신기하고 재미나게 생긴 도깨비들을 만날 수

있습니다.

　이 이야기를 쓴 김우경 선생님은 세상에 살아 있는 모든 것은 자연 속에서 주어진 생명이 자유롭고 평등하게 살아가야 한다는 생각을 갖고 있습니다. 생명에 높고 낮음이 있을 수 없다고 여기기 때문이지요.

　이 책을 읽는 재미는 세상에 살아 있는 수많은 목숨들이 사랑하고, 기뻐하고, 삐치고, 뭔가를 하고 싶어 하는 모습과 함께 그들이 지닌 다양하고 재미있는 생김새와 특징을 알 수 있습니다. 산속에서 살아가는 목숨들이 서로의 특징과 생김새를 보며 서로 이름을 지어 불러 주니까요. 자라는 '뻥쟁이' 입니다. 걸핏하면 용궁이 어디 있는지 안다며 으스대기 때문입니다. 오소리는 풀꽃들이랑 잘 지내니까 '꽃소리' 가 됩니다. 독을 지닌 살무사는 '머리세모몸통통이' 라는 조금 긴 이름을 새로 얻기도

합니다. 이렇게 보면 세상에 있는 목숨들이 사랑스럽고 귀한 존재로 다가오기도 합니다.

이 책은 우리나라 사람이면 누구나 즐겁게 읽을 수 있는 스물한 가지 이야기가 실려 있어요. 한 편씩 읽어도 되고, 이어서 읽어도 각각의 이야기들이 살아서 우리에게 다가옵니다.

이야기를 읽다 보면 세상의 모든 목숨들과 함께 어울려 살아가는 아름다운 세상을 만들기 위해서 지켜야 할 것들이 무엇인지 저절로 알게 됩니다.

이 책은 여러분들에게 세상에 있는 수많은 목숨들이 여러분 마음에 전하는 사랑과 자유, 평등과 평화의 마음을 가득 느낄 수 있게 할 것입니다.

조월례(어린이 책 전문가)